I0556945

* 9 7 8 0 4 6 3 1 6 2 1 6 3 *

نبض الذكريات

إعداد وتحرير: رأفت علام

مكتبة المشرق الإلكترونية

صدر في ديسمبر ٢٠٢٠ عن مكتبة المشرق الإلكترونية – مصر

Table of Contents

نبض الذكريات

همسة الذكريات

استغرق (حاتم) في النوم، حتى ساعة متأخرة كعادته، واستيقظ مع دقات الساعة الثانية ظهرًا، فتثائب في فراشه، ومرَّر أصابعه في شعره بتكاسل واضح، قبل أن يمدّ يده إلى علبة سجائره، المجاورة للفراش، فيلتقط منها سيجارة، ويشعلها بعينين نصف مغمضتين، ثم ينفث دخانها في عمق، قبل حتى أن ينهض..

وفي خمول، راح يسترجع ذكريات سهرة البارحة..

وارتسمت على شفتيه ابتسامة عابثة جذلة، وهو يغمغم:

- يا لها من ليلة!

لم تكن السهرة تختلف عن غيرها من السهرات، التي اعتاد قضاءها خارج شقته الصغيرة، التي صنع منها مسكنًا، ومرسمًا، ومقهى، وصالة عرض سينمائي، ولكنه كان - كعادته - يهوى الاستمتاع بكل لحظة في حياته، ويبغض الاستكانة وحياة الهدوء والاستقرار..

ولهذا السبب بالذات تزوَّج مرتين..

وفشل في زيجتيه..

إنه يكره تلك القيود، التي يفرضها الزواج على حياة فنان مثله..

يكره المطالب والمسؤوليات والهموم..

وهو يبذل كل ما بوسعه للفرار منها..

هكذا هو..

طائر طليق، بلا رابط أو مانع..

منذ حداثته وهو يهوى هذا النمط من الحياة، ويقاتل في سبيل الظفر به..

إنه لا يدري حتى لماذا تورَّط في الزواج؟!..

لماذا جال بخاطره يومًا أن يصنع لنفسه أسرة، فيها زوجة وأبناء، لهم مطالب وهموم ومسؤوليات؟!..

لقد كان مجنونًا حتمًا، عندما فعلها..

هكذا يقول لنفسه، كلما تذكر أسرته، التي انعزل عنها، وتركها تواجه وحدها مسؤوليات الحياة بعيدًا عنه..

وحتى زواجه الثاني، لم يكن موفقًا..

صحيح إنه اختار زوجة من طراز خاص، لا تفرض عليه أي هموم أو مسؤوليات أو التزامات..
ولكنها زوجة..
وهذا وحده يكفي ليملأ نفسه بالملل..
وفي هدوء، راح (حاتم) يجتر ذكرياته القريبة، وتلك الابتسامة العابثة تبدو وكأنها محفورة على وجهه وشفتيه، و...
وفجأة، ارتفع رنين الهاتف..
لم يكن ذلك أمرًا غير عاديًا؛ فقد اعتاد استقبال عشرات المكالمات الهاتفية في اليوم الواحد، قبل أن يترك لجهاز الرد الآلى مهمة استقبال العشرات الأخرى، ولكنه لم يدر لماذا اختطف السمَّاعة في لهفة هذه المرة، وقال:
- من المتحدث؟
ونقلت إليه أسلاك الهاتف صوتًا رقيقًا، أشبه بالهمس، يقول..
- انا (أنهار) يا (حاتم).
ولسبب ما، سرت في جسده قشعريرة قوية، لدى سماعه الاسم، على الرغم من أنه لا يذكر قط، أنه قد التقى في الآونة الأخيرة، أو حتى منذ انتقاله من (السويس) إلى (القاهرة)، بأية امرأة تحمل اسم (أنهار)، فتساءل:
- (أنهار) من؟
أجابه الصوت الهامس الرقيق..
- (أنهار عبد الغني).
وفي هذه المرة، كانت القشعريرة باردة كالثلج..
وكان القلب يخفق في عنفًا..
(أنهار عبد الغنى)؟!..
يا لها من ذكريات!...
ذكريات ربع قرن مضى..
ذكريات الصبا والشباب..
وفي لحظة واحدة، وقبل أن ينطق بكلمة واحدة، كانت ذكرياته تنطلق بعيدًا:
بعيدًا جدًا..

☆☆☆

(حاتم).. ماذا تريد مني بالضبط؟.
ألقت (أنهار) هذه العبارة على مسامعه، وهما يسيران جنبًا إلى جنب، وأصابعه تحتضن أصابعها، وتبثها ولهه وغرامه، أمام شاطئ القناة، في لحظة الغروب، فالتفت إليها في ضيق، وقال:
- لماذا تفسدين هذه اللحظة الجميلة؟
و قالت في إصرار:
- أريد أن أعرف حقيقة صلتك بي.
شعر لحظتها بالضجر والملل، ولكنه أجاب بسرعة:
- أنا أحبك.
سألته على الفور:
- وماذا بعد؟
أدهشه السؤال، وأثار حيرته، فغمغم وهو يتطلّع إلى وجهها الجميل، وملامحها الرقيقة الفاتنة:
- لا يوجد بعد.. أنا أحبك، وهذا يكفيني.
تملّصت بأصابعها الصغيرة من أصابعه، وقالت في غضب:
- كلّا.. هذا لا يكفي.
سألها في حيرة:
- ماذا تريدين إذن؟
تردَّدت لحظة، ثم مالت عليه، قائلة:
- المفروض أن تتقدَّم لخطبتي.
حدَّق في وجهها لحظة بدهشة، وكأنه لم يفهم ما تعنيه، ثم انفجر فجأة ضاحكًا، فهتفت هي في غضب:
- ما المضحك في هذا؟
قال، دون أن يتوقف عن الضحك:
- المضحك في هذا أنك في السادسة عشرة من عمرك، وأنا ما زلت طالبًا في كلية الفنون الجميلة.
قالت في حدة:
- وماذا في هذا؟.. ابنة عمي في مثل عمري، وقد تقدَّم لخطبتها شاب في السنة النهائية بكلية الطب، وهما خطيبان الآن.
قال بسرعة:

- بل قولي: هما أحمقان.. لماذا يقيد الإنسان نفسه بأمر كهذا، وهو في ريعان الصبا.
هتفت محنقة:
- لأن كل منهما يحب الآخر.
هزَّ كتفيه، وقال في لا مبالاة:
- وماذا في هذا؟.. أنت وأنا نحب بعضنا أيضًا، ولكن هذا ليس مبررًا للخطبة.
صاحت غاضبة:
- هكذا؟!.. هذا هو رأيك إذن؟
أومأ برأسه، وهو يقول مصطنعًا الوقار:
- هذا رأي كل إنسان عاقل.
انعقد حاجباها الجميلان، وهي تقول:
احتفظ برأيك لنفسك إذن، واكتف بحبك.
صاح بها، وهي تبتعد غاضبة:
- هل سنلتقي غدًا؟
صرخت في ثورة:
- لن نلتقي أبدًا.. هل تفهم؟.. أبدًا..

☆ ☆ ☆

"(حاتم)، هل تسمعني؟.. هل تسمعني يا (حاتم)؟.."
انتزعه صوتها من ذكرياته البعيدة، فهبَّ جالسًا على فراشه، وهتف بها في لهفة حقيقية:
- من أين تتحدثين يا (أنهار)؟
أجابته في هدوء عجيب:
- من (السويس).
قال في سعادة، أدهشة أنها نابعة من أعماق قلبه:
- لقد أوحشتني كثيرًا.. إننا لم نلتق منذ عشرين عامًا.
أجابته في بساطة:
- بل تسعة عشر عامًا وستة أشهر وثلاثة أيام.
وخفق قلبه في لهفة وسعادة..
إذن فهي لم تنس هذا قط..

لم تنس حبها وسعادتها..

لم تنس حتى لحظة فراقهما..

وأدهشة أن رقص قلبه طربًا!

لماذا يشعر بكل هذه السعادة في أعماقه، وهو يسمع صوتها؟!

أما يزال حبها باقيًا في قلبه؟!...

أما زال عشقها كامنًا في ثنايا عقله؟!...

أتاه الجواب على الفور بالإيجاب..

أتاه من عقله، وقلبه، وكيانه، ووجدانه..

بالتأكيد ما زال يحبها..

ولم يحب سواها..

لقد خدع نفسه، عندما أوهمها بأنه نسيها..

كيف يمكن هذا؟..

كيف يمكن للمرء أن ينسى نفسه، وروحه، وكيانه؟!...

لقد كانت (أنهار) بالنسبة إليه، هي كل هذا..

هي نفسه..

وروحه..

وكيانه..

كان يذوب مع ابتسامتها، ويركع أمام ضحكتها، وينهار مع دموعها..

ولكن هل كانت هي أيضًا تحبة؟!..

إنه لم ينس سعادتها بقربه، ولا فرحتها بلقائه، ولا..

ولا طعنتها له..

لقد انتقمت منه شر انتقام، عندما رفض التقدّم لخطبتها..

لم تقتله، أو تضربه، أو تسبه..

كل ما فعلته، هو أن قبلت خطبة شخص آخر..

ولم يكن بالشخص العادي..

بل كان أقرب الناس إليه..

أقربهم على الاطلاق..

☆☆☆

استوقفها غاضبًا، وهي في طريقها للمدرسة، وقال في حدة:

- لماذا فعلت هذه؟
ابتسمت ابتسامة تجمع ما بين الظفر والسخرية، وهي تقول:
- فعلت ماذا؟
قال في غضب:
- لماذا وافقت على هذه الخطبة؟
تطلَّعت إلى دبلة الخطوبة الذهبية، التي تزين إصبعها، وقالت في دلال خبيث:
- إنه شخص يحبني، ويرغب في الارتباط بي رسميًا، فلماذا أرفضه؟
قال في حدة:
- كان المفروض أن ترفضي هذا الشخص بالذات.
هزَّت كتفيها في استهتار:
- ولماذا؟
هتف:
- لأنه أخي.
أطلقت ضحكة عابثة، وقالت:
- وما المانع؟
ثم استطردت في لهجة استفزازية:
- لقد كان أكثر شجاعة منك، وأكثر وضوحًا. أحبني، فتقدَّم لخطبتي.. هكذا.. بكل بساطة.
قال في مرارة:
- أنت دفعته لحبك.. أتظنين أنني لم ألمح حركاتك ولمزاتك؟
أجابته في حنق:
- ولماذا لاحظت هذا بالذات؟.. كنت أظنك عديم الملاحظة.
صاح بها:
- ما الذي تعنينه بهذا؟
هزَّت كتفيها مرة أخرى في استهتار، وقالت:
- فسرها كما يحلو لك.
وغادرت المكان في دلال واثق مزهو، وتركته خلفها يغلي.. وبشدة..

☆☆☆

هتف فجأة:

- كان أخي يا (أنهار).
نقلت إليه أسلاك الهاتف حيرتها، وهي تقول:
- أخوك من؟!
أجابها في حدة:
- أخي (كريم) - رحمه الله - لقد استخدمته لإذلالي.. خدعتنا معًا.. هو وأنا.
صمتت طويلًا، ثم قالت:
- أما زلت تذكر هذا؟
قال في عصبية:
- وكيف أنساه؟!.. لقد جرحت قلبين دون رحمة.
عادت إلى صمتها لحظات أخرى طويلة، حتى أنه قال:
- أما زلت تستمعين؟
أجابته في اقتضاب رصين:
- نعم.
ثم أضافت في سرعة:
- وأنا أعترف بخطئي هذا.. لقد كنت مجرمة ومستهترة، عندما فكرت في إثارة غيرتك، عن طريق قبول خطبة أخيك (رحمه الله).
أدهشه قولها هذا، وهي التي لم تعترف بخطأ في حياتها قط، فارتبك وغمغم:
- كنا مراهقين حينذاك.
قالت في هدوء:
- ولكن (كريم) كان أكبر سنًا، وأكثر عقلًا ورصانة، ولهذا حدث ما حدث.
سألها في حيرة:
- وما الذي حدث؟
صمتت لحظات، ثم قالت:
- سأخبرك ماذا حدث يا (حاتم).. سأخبرك بالسر الذي أخِفيه في صدري، أكثر من عشرين عامًا.
وتحدَّثت إليه طويلا..

☆☆☆

لماذا أخي؟

كانا يجلسان في ذلك (الكازينو)، على شاطئ القناة، عندما سألها (كريم) فجأة، ودون مقدمات:

- منذ متى وأنت تحبين (حاتم)؟!

ارتبكت في شدة، واضطربت وهي تقول:

- من وضع هذه الفكرة السخيفة في رأسك؟

ابتسم (كريم) في هدوء حزين، وهو يجيبها:

- رأسي نفسه.

ثم مال نحوها، مستطردًا في أسى:

- إنني لست غبيًا يا (أنهار).. ولست غرًا ساذجًا أيضًا.. لقد لاحظت نظراتك إلى (حاتم)، ونظراته إليك، ولست أحتاج إلى عبقرية (إينشتين)، لأدرك أن كلًا منكما يحب الآخر.

خفضت عينيها في استسلام أشبه بالاعتراف، فتراجع هو في مقعده، وتابع:

- كل ما أريد أن أعرفه هو: متى بدأ هذا الحب.. قبل أم بعد خطبتنا؟!

أجابته في خجل:

- قبلها بكثير.

بدا عليه الضيق، وهو يقول:

- لماذا قبلت خطبتي إذن؟... بل لماذا ألقيت شباكك حولي، حتى وقعت في حبك؟

ترقرقت في عينيها لمعة كبيرة، وهي تقول:

- أردت إثارة غيرته.

هتف مستنكرًا.

- فقط؟!

ثم خفض عينيه، واستغرق في التفكير لحظات، قبل أن يقول في أسى:

- لقد وضعتنا جميعًا في وضع لا تحسد عليه يا (أنهار)، ولكن لدي وسيلة لحل هذه المشكلة.

سألته في لهفة:

- كيف؟

أجاب في حزم:

- ستفسخ خطبتنا.
تردَّدت لحظة، ثم سألته:
- أتظن هذا يكفي؟
أجابها بسرعة:
- كلًا.. ولكن هناك إجراء آخر.
وخفض عينيه لحظة، ثم عاد يرفعهما إليها، قائلًا:
- سأغادر (السويس) نهائيًا.. سأحيا في (القاهرة).
شحب وجهها، وهي تقول:
- إلى هذا الحد؟؟ هل اضطرك موقفي إلى...
قاطعها قبل أن تكمل:
- لا.. لا تضعي هذه الفكرة في رأسك أبدًا.. إنها فكرة قديمة، تلح في ذهني منذ زمن، ولكن هذا الموقف ساعدني على حسم أمري بشأنها.
قالت مرتبكة:
- هل تريد الهجرة إلى (القاهرة)؟
ابتسم وقال في حزن:
- لن أجد فرصتي الحقيقية سوى هناك.. أنا أكتب المسرحيات كما تعلمين، ولن أجد مجالًا لنشرها وانتشارها إلا في (القاهرة).
وربَّت على يدها في حنان، مضيفًا:
- الوداع يا (أنهار).. لن أنساك.. لن أنساك أبدًا.

☆☆☆

اغرورقت عينا (حاتم) بالدموع، وهو يقول:
- إذن فقد كنت - دون أن أدرى - أحد أسباب رحيل (كريم) (رحمه الله) إلى هنا.. يا لسخرية القدر!
قالت في خفوت:
- ولماذا تشعر بالأسى لهذا؟.. لقد أصبح واحدًا من أشهر وأعظم كتاب المسرح في (القاهرة)..
قال بصوت أقرب إلى البكاء:
- ومات فيها، أيضًا؟
أجابته في خشوع أدهشه:
- إنه قدره.. وما تدري نفس بأي أرض تموت.

ألقى دهشته جانبًا في سرعة، وقال:

- أتعلمين أنه لم يخبرني بحديثكما هذا قط؟

غمغمت:

- أعلم هذا.

تابع وكأنه لم يسمعها:

- لقد فسخ خطبتكما، وقال: إنكما غير متوافقين، ثم رحل إلى (القاهرة)، وعاش فيها طيلة عمره، دون أن يكشف السر.

قالت في خفوت:

- كان رجلًا عظيمًا.

أجابها في حماس:

- إنه مثلي الأعلى.. لقد عشقت رجولته وشهامته وفكره منذ حداثتي، وهمت بها في صباي، واتبعتها في شبابي.

قالت:

- ولكنك - وعلى الرغم من هذا - لم تكتسب الكثير منه.. لقد كان هو رب أسرة هادئة مستقرة.

قال في أسى:

- وأنا حاولت أن أصبح كذلك.

قالت في سرعة:

- وفشلت.

تنهَّد، وقال:

- لم أحتمل الزواج.

أجابته:

- بل لم تحب زوجتيك بالقدر الكافي.

صمت بضع لحظات، ليهضم عبارتها، قبل أن يقول:

- ربما كان هذا صحيحًا.

وران عليهما الصمت لحظات أخرى طويلة، قطعتها هي قائلة:

- كنت أتصوَّر أننا سنعود لبعضنا، فور فسخ خطبتي، ولكن هذا لم يحدث.

قال:

- كان ينبغي ألا تتوقعي هذا.

سألته:

- لماذا؟

مال إلى الصمت لحظة أخرى، ثم قال:

- لأن الأمر كان مستحيلًا.. مستحيلًا بالفعل.

وعاد بذاكرته إلى الوراء..

☆☆☆

ابتسمت (أنهار) في دلال، وألقت ضفيرتها السوداء الطويلة أمام صدرها، وراحت تداعبها بأصابعها، وهي تقول:

- كانت هذه النهاية متوقعة.

سألها (حاتم) في خشونة:

- أية نهاية؟

تجاهلت خشونته، وهي تقول:

- نهاية علاقتي بأخيك (كريم).. كلانا لم يكن يصلح للآخر، ومن الطبيعي أن يتم فسخ خطبتنا.

تمتم في عصبية:

- كنت أتوقع هذا منذ البداية.

ضحكت في ثقة، وقالت:

- بل قل، كنت تتمناه.

صاح بها غاضبًا:

- ماذا تقولين يا (أنهار)؟!.. كيف أتمنى أن يحطم قلب أخي هكذا؟

قالت في حدة:

- لا تخدع نفسك، لمجرد أنك تخشى الاعتراف بغيرتك من شقيقك.. نعم.. كنت تتمنى أن يتم فسخ خطبتنا، حتى أعود إليك.. قلها ولا تخف.. اعترف بالحقيقة.

صرخ:

- هذه ليست حقيقة.. أنت تعرفين كم أحب (كريم).

قالت في عناد:

- وأنت تعرف كم تحبني.

صمت لحظات، وهو يتطلّع إليها في توتر، ثم أشاح بوجهه، قائلا:

- كان هذا فيما مضى.

هتفت متحدية:

- هل تراهن؟.. إنك مازلت تحبني، حتى هذه اللحظة.. كل شيء فيك يشفّ عن هذا.. نظراتك.. همساتك.. حتى محاولات الفرار من نظراتي المباشرة.. أنا أفهمك جيدًا يا (حاتم)، ولا أحد يفهمك مثلي.
صاح في مرارة:
- فليكن.. سأعترف أنني أحبك.. أي فارق يصنعه هذا؟
تألقت عيناها في ظفر، وهي تقول:
- فارق ضخم.. على الأقل، تستطيع أن نواصل قصة حبنا.
هتف بسرعة واستنكار:
- مستحيل!
انعقد حاجباها في غضب، وقالت:
- لماذا مستحيل؟
بدا الارتباك والحيرة على وجهه لحظات، ثم قال:
- لأن (كريم) يحبك.
قالت في حدة:
- تقصد كان يحبني.
أجاب في مرارة:
- بل يحبك.. مازال يحبك.. لقد قرأت هذا في عينيه.. في ارتجافة شفتيه، وهو يخبرني بفسخ خطبتكما، في دمعة حزن، لمحتها تتسلَّل من خلف أسوار عينيه، عندما تصوَّرت أن أحدًا منا لا يراقبها.. إنه يحبك يا (أنهار).
صمتت لحظات مبهوتة، ثم قالت:
- ليس هذا ذنبي.
ابتسم في سخرية حزينة، وهو يقول:
- ذنب من إذن؟!
بدأت ثقتها في نفسها تهتز، وتوترت كثيرًا، وهي تقول:
- اسمع يا (حاتم).. لا داعي لأن نغرق أنفسنا في عقدة ذنب لا تنتهي، ولا طائل منها.. دعنا نواجه الأمور بواقعية وعقلانية.. أنت تحبني وأنا أحبك، فلماذا نفترق؟؟
في حزم:
أخي لن يحتمل أن نلتقي.
عصبية:

- ألا يمكنك اتخاذ قرار واحد في حياتك كلها، دون التفكير في أخيك؟

أجابها في عناد:

- كلَّا.. لا يمكنني هذا.

ثم استطرد في حزم:

- ثم إنني لن أبقى هنا.. سأرحل إلى (القاهرة).

اتسعت عيناها لحظة في ارتياع، ثم لم يلبث حاجباها أن انعقدا في شدة، وهي تقول:

- تمامًا مثل أخيك.. أنت لم تعد تمتلك شخصية مستقلة.. لقد صرت مجرَّد ظلَ له.. أنت مجرَّد ظل.. هل تفهم؟.. مجرد ظل.

تجاهل صيحاتها الغاضبة، وهو يقول:

- الوداع يا (أنهار).. أظن أننا لن نلتقي مرة أخرى..

صرخت ثائرة:

- ومن يرغب في رؤيتك.. هيا.. ارحل.. ارحل ولا تعد أبدًا.. لا أريد أن أراك، حتى آخر لحظة في حياتي.. لا أريد أن أراك.

وانفجرت باكية في مرارة، ولكنه لم يتوقف..

لقد واصل ابتعاده، ورحل..

رحل إلى (القاهرة)..

☆☆☆

تنهَّدت (أنهار) في عمق، وقالت:

- تخليت عني يا (حاتم).. تركتني في (السويس)، وذهبت لتحيا إلى جوار شقيقك في (القاهرة).

شاركها تنهيدتها، وقال:

- لم تكن أيامًا هينة يا (أنهار).. كانت فترة كفاح مريرة.. عانيت فيها الكثير، وتعذَّبت أكثر، حتى أمكنني أن أشق طريقي في عالم النجاح هنا.

قالت في هدوء:

- من المؤكد أن (كريم) ساعدك كثيرًا.

أجاب وهو يبتسم في شرود:

- بالتأكيد.. ولكن ليس على النحو الذي تتصوَّرينه.. لقد كان يكر الوساطات والمحسوبيات، ولكن كلامه وحماسه، أشعلا في نفسي جذ

النشاط والحماس، فانطلقت أصنع نفسي بنفسي، متحديًا كل الصعاب، ومتجاوزًا كل العقبات.

قالت في بساطة:

- وأنت الآن واحد من المشاهير.

غمغم:

- لم يكن ذلك سهلًا.

ثم سألها في فضول:

- ولكن ماذا عنك يا (أنهار)؟.. ماذا فعلت بعد رحيلي؟

صمتت لحظة، ثم أجابت:

- تعذَّبت كثيرًا.. وبكيت أكثر.. كان قلبي يكاد يزحف لرؤيتك، ولكن كرامتى تجبره على أن يشيح بوجهه عنك.. ثم جاءت لحظة، انهار فيها كل شيء في أعماقي، وقرَّرت الانتحار.

هتف مستنكرًا:

- الانتحار؟!.. أنت تفكرين في الانتحار يا (أنهار)؟

قالت:

- نعم.. وكان هذا أيضًا بسببك، ولقد انتحرت بالفعل.

- حقًّا؟!

أجابته على الفور:

- نعم.. ولكنه كان انتحارًا من نوع آخر.

وصمتت لحظة، قبل أن تستطرد:

- تزوَّجت.

وخفق قلبه في قوة..

☆ ☆ ☆

الزواج الثاني

"(حاتم) تزوَّج؟!.."

هتفت (أنهار) بالعبارة في ذهول، وتركت جسدها يسقط فوق أقرب مقعد إليها، وتجمَّعت في عينيها دمعة كبيرة، وهي تردَّد:

- كيف؟.. إنه يكره الزواج والارتباط.. كيف فعلها؟!

مصمصت أمها شفتيها، وقالت:

- كما يفعلها كل الرجال.. ألم أقل لك ألف مرة؟!.. كل الرجال يتزوجون، مهما أكدوا عدم عزمهم على هذا؟.. الأمر يتوقف فقط على اللحظة، التي يلتقون فيها بالمرأة الذكية، التي تنجح في الإيقاع بهم، واقتناصهم في مصيدة الزواج.

انحدرت الدمعة الكبيرة على وجه (أنهار)، وتجمَّعت أخرى أكبر حجمًا في قلبها..

كانت تشعر أن زواجه قد طعنها في الصميم..

في أعماق كرامتها..

إذن فقد كسر قاعدة حياته.

ولكن مع أخرى..

لم تكن تتصوَّر أو تتوقع هذا أبدًا..

صحيح أنها لم تلتق به منذ عامين، عندما رحل إلى (القاهرة)، ورفض العودة مرة أخرى إلى مسقط رأسه، ولكنها ظلت تحتفظ بحبه في قلبها..

وكانت تظن أنه يبادلها ذلك الشعور..

وحتى مع يقينها بأنه يرفض فكرة الزواج، لم تكن تشعر بالحزن أو الإحباط..

يكفيها أنه لن يكون لسواها..

ولكنه فعلها..

"من تزوج؟.."

فوجئت بنفسها تلقي السؤال، وقبل أن تستنكره، سمعت أمها تجيب:

- زميلة له، في كلية الفنون الجميلة.. يبدو أنه حب قديم.

وعادت تمصمص شفتيها، مستطردة:

- فتاة ذكية، أوقعته في فخها، و...

صاحت (أنهار) في عصبية:

- لماذا تتحدثين عن الزواج دائمًا هكذا؟!.. إنه ليس فخًا أو مصيدة، تصنعها المرأة لتوقع بها رجلًا في شباكها.. إنه علاقة عظيمة، تقوم على المودَّة والرحمة.. تتويج لحب جميل بين طرفين، ليسكن كل منهما إلى الآخر.

قالت الأم ساخرة:

- لم نسمع هذا في شبابنا.. كل ما عرفناه عن الزواج هو أنه ستر للفتاة، ووقاية لها من الخطأ.

صاحت (أنهار) في مرارة:

- فكرة سخيفة ومتخلفة.. لماذا لا ترجعون إلى ما يقوله الدين عنه؟

قالت أمها في صرامة:

- ولماذا لا ترجعين أنت إلى ما تقوله كل الأديان، بشأن معاملة الأبوين؟

خفضت (أنهار) عينيها، وقالت:

- أنا آسفة.. لم أكن أقصد هذا.

تنهَّدت الأم، وقالت:

- أعلم أنك حزينة، لأن هذا النذل خدعك وأهملك.. ولكنك جميلة الجميلات، في (السويس) كلها، وألف من يتمنى الزواج منك.

قالت في دهشة:

- الزواج؟!

هتفت أمها:

- نعم.. الزواج.. الزواج ممن هو أفضل منه ألف مرة.. هل نسيت كيف بذل الدكتور (حسين) جهده لإقناعك بالزواج منه والمهندس (عاصم).. والأستاذ (علوان) المحامي، و...

قاطعتها (أنهار):

- كفى يا أمي.. أرجوك.

ولكن الأم تابعت:

- الدكتور (حسين) بالذات، ما زال يلح في الأمر.. ما رأيك؟!.. هل أبلغه بموافقتك؟!

صمتت (أنهار) طويلًا، وعقلها يمتزج بمشاعرها، ويصرخ..

- نعم.. ولم لا؟!..

(حاتم) لم يعد لها..

و(حسين) يطلبها في إلحاح..

إنها معادلة متوازنة..
ومنطقية..
ولم تستغرق أكثر من لحظات لحسم أمرها..
كانت تشعر أن زواجها سيكون طعنة عكسية، تردّ بها الكيل لـ (حاتم)..
طعنة تسترد بها كرامتها الذبيحة..
وفي حزْم، أجابت:
- نعم يا أمي.. أخبريه أنني موافقة.
وتم الزواج..

☆☆☆

تنهّد (حاتم) في عمق، وهو يستعيد ذكريات زواجه الأول، وقال:
- كلانا تسرع كثيرًا يا (أنهار).. أنا تزوَّجت امرأة لا تفهمني، وأنت تزوَّجت رجلًا لا يمكن أن يفهمك.
قالت في هدوء عجيب:
- إنه نصيبنا.. كل منا نال ما هو مقدر له.
قال في أسف:
- ولكنني لم أستطع التعايش قط مع (ثريا).. طبيعتنا يتعارض بعضها مع البعض تمامًا.. صحيح أنها امرأة طيبة القلب، مخلصة، ولكنها أبدًا لم تفهمني.
قالت (أنهار):
- ربَّما أنت من لم يفهمها.
كاد يعترض في البداية، إلا أن عقله درس الأمر إلى حد ما، وقال في النهاية:
- نعم.. ربما.
ثم أضاف بسرعة:
- ولكننا انفصلنا في النهاية، على الرغم من إنجابنا طفل وطفلة.. لم يمكننا الاستمرار معًا، على الرغم من وجودهما.
خيل إليه أنه يرى ابتسامتها عبر الهاتف، وهي تقول:
- من العسير أن تجد من يحتمل طبيعتك البرية الجامحة.
ثم تابعت في صوت يحمل رنة أسى:

- أنا أيضًا أسأت التعامل مع زوجي.. كنت أتعامل معه بشخصية مزدوجة، كما لو أنني مصابة بانفصام نفسي.. كثيرًا ما أحاول منحة الحب والحنان والرعاية اللازمة، من الزوجة لزوجها، ولكنني ما إن أبدأ في التعامل معه، حتى يراودني شعور بأنه السبب في فراقنا، فأغضب في أعماقي، وأصتنع معه فيها معركة ضخمة، يدفع هو ثمنها في عالم الواقع، دون أن يدرى سببًا لعصبيتي وعنفي وتوتري.. حتى عندما يغمرني بحبه وحنانه وهداياه، كنت أقابل كل هذا بالازدراء، أو السخرية، أو العنف..

سألها في حذر:

- وماذا عنكما الآن؟

طال صمتها هذه المرة، حتى كاد يتجاوز الدقيقة الكاملة، قبل أن تقول:

- إنه لم يعد هنا.

سألها في اهتمام:

- ماذا تعنين؟.. هل انفصلتما؟

جاء صوتها حزينًا، وهي تقول:

- كان انفصالًا من طرف واحد.. لقد مات.

فاجأه القول، فصمت لحظة بدوره، ثم غمغم:

- يؤسفنى سماع هذا.

قالت بسرعة مدهشة:

- الموت حقيقة لا جدال فيها، على رؤوس العباد.

صمت كلاهما هذه المرة، بعد عبارتها، ثم قطع هو حبل الصمت، وهو يقول:

- لقد تزوَّجت مرة ثانية، ولكنني أيضًا لم أشعر بالارتياح.

سألته:

- هل كانت تشبه (ثريا)؟

مط شفتيه، وقال:

- بل تختلف عنها تمام الاختلاف، في كل الأمور، قلبًا وقالبًا، ولكنني لست أدري، لماذا لم أحتمل الحياة معها أيضًا.

قالت (أنهار):

- طبيعتك لا تميل إلى هذا.

طال صمتهما بعد عبارتها..

وطال..

وطال..

كان من الواضح أن كلًّا منهما يستعيد ذكريات ومشاعر، طمرتها السنون، وأخمدتها الأيام..

ولكن (حاتم) لم يكن يستعيد ذكرياته معها فحسب..

بل كان يسنعيد حياته كلها..

لم يدر ما الذي فعلته فيه محادثتها الهاتفية بالتحديد، ولكنه فجأة، شعر وكأن حياته كلها كانت خاوية، فارغة، لا تعني شيئًا له، أو للآخرين..

حياته معها فقط، هي التي تستحق الذكر..

وذكرياته معها وحدها، تستحق التسجيل والاسترجاع..

فجأة، شعر أنه لن يستطيع العيش دونها..

لن يصبح للحياة طعم، لو رحلت ثانية..

إن محادثتها الهاتفية هي قطرات الحب، التي هبطت على صحراء حياته، فأنبتت فيها مرة أخرى بذور الحنان والسعادة..

هي قطرات العشق، التي روت خواءه وأنعشته..

الأمل

"(أنهار).. هل تتزوجينني؟"

هتف (حاتم) بهذه العبارة واضعًا كل اللهفة في أعماقه في كلماتها.. جاوبه صمت مطبق منها، فتابع في انفعال:

- لقد أضعنا الكثير من العمر يا حبيبتي، فدعينا لا تفقد ما تبقى منه.. لا تترددي.. لا تخافي، إنها حياتنا يا (أنهار)، وسنحياها كما كان ينبغي أن نفعل من ربع قرن..

مرة أخرى جاوبه صمتها، ووجد عينيه تمتلان بالدموع، وهو يتابع:

- أجيبي يا حبيبتي.. لا تصمتي هكذا.. إنتي أحتاج إليك.. صدقيني.. إنني أشعر وكأنني كنت أنتظر محادثتك هذه، منذ عشرين عامًا يا (أنهار).. هل تسمعينني؟

أتاه صوتها رصينًا هادئًا، وهو تقول:

- (حاتم).. إنك لم تسألني، لماذا اتصلت بك، بعد كل هذه السنوات..

قال في لهفة:

- إنه الحنين يا (أنهار).. أليس كذلك؟.. الحب القديم يا حبيبتي.

قالت بعد لحظة من الصمت:

- بل هي محاولة لتطهير النفس يا (حاتم).

بهت للعبارة، وغمغم في دهشة:

- تطهير ماذا؟!

أجابته في لهجة تحمل شيئًا من الحزم:

- تطهير النفس يا (حاتم).. لقد أخبرتك في البداية أنني أتحدَّث إليك من (السويس).. إنني أنتظر الباخرة، التي ستقلني إلى دولة فرنسا لإجراء جراحة ميكروسكوبية دقيقة في المخ لإزالة ورم سرطاني خبيث، فأن أعاني من الأعراض المميتة لذلك الورم منذ سنوات. ونسبة نجاح هذه الجراحة لا تتخط العشرين بالمائة.. إنني أشعر بالندم يا (حاتم). أشعر أنني المسؤولة عن موت زوجي المسكين، بكل الجفاء والبرود والمقت الذي عاملته به.. أنا المسؤولة عن كل الحزن، الذي ملأ قلبه، وناء به حمله، حتى سقط صريعًا.. وأنت تحمل جزءًا من المسؤولية معي يا (حاتم).. إنني لا أتهمك.. صدقني.. لقد غفرت لك، ولكل من أساء إلي في حياتي كلها..

وكان عليَّ أن أبلغك هذا بنفسي، حتى أشعر بالتطهر والارتياح..
إلى اللقاء يا (حاتم).. ادع لي بالشفاء لأنني لن أكون لغيرك إن قدر الله (سبحانه وتعالى) لي الشفاء بعد تلك الجراحة.
لم يقاطعها بحرف واحد، وهي تلقي عباراتها الأخيرة، وتجمَّدت كل مشاعره في أعماقه، وهو يستمع إليها، حتى أنهت المحادثة..
وتردّد في أذنه صوت الهاتف الرتيب..
ولثوان، ظلَ يستمع إلى الهاتف في صمت ذاهل، ثم لم يلبث أن أعاد السماعة إلى موضعها في بطء، وعيناه تحدقان فيها في شرود..
وفجأة، شعر أن حياته صارت أكثر خواء، مما كانت عليه من قبل..

☆☆☆

لم تعطه (أنهار) فرصة ليعرف أين ومتى سيجري تلك الجراحة، حاول الاتصال بأمها أو بأقاربها ولم يفلح. فحزم حقيبته وتوجه على الفور إلى (السويس)..
وصل إلى بيت (أنهار) القديم متعشمًا أن يجد أمها هناك.. وأمام الجدران العتيقة للمنزل، وقف يتأمل شرفتها ويسترجع تلك الذكريات التي لم يعد يملك سواها..
صعد درجات السلم في بطء.. ووقف أمام منزلها، وطرق بابه.. فانعكست صوت طرقاته على أذنيه لتشير إلى أن المنزل خاويًا..
صادف أحد الجيران، وسأله عن (أنهار) وأمها، فأخبره أنهم تركوا المنزل منذ سنوات..
سار (حاتم) في شوارع مدينة (السويس) يبحث عن أي طرف خيط قد يدله على مكان (أنهار) أو مكان إجراء تلك العملية في فرنسا..
تذكر (حاتم) فجأة أنها قالت أنها ستسافر بالباخرة بعد أن تنهي المحادثة الهاتفية، فتوجه فورًا إلى الميناء وسأل عن الباخرة التي تحركت من (السويس) إلى (فرنسا) في اليوم السابق، وأجابه مسؤول الاستعلامات، أن الباخرة قد توجهت إلى (مارسيليا).. وأنها ستصل في اليوم التالي..
توجه (حاتم) على الفور إلى مطار القاهرة الدولي وحجز مقعدًا في أول طائرة تسافر إلى فرنسا..
انتظر في المطار ساعتين، ثم طار لمدة خمس ساعات، ونزل في مطار (باريس)، ليبحث عن أول قطار يصل به إلى ميناء (مارسيليا)..

استغرقت رحلته من (باريس) إلى (مارسيليا) حوالي سبع ساعات..

لقد كان يسابق الزمن ليصل إلى (أنهار) في ميناء (مارسيليا)..

كان يطارد حلمه القديم، متخطيًا كل عقبات الزمان والمكان..

وفي وجدانه، أنار مصباح صغير من الأمل، عرف من خلاله كم كانت حياته خالية وخاوية..

عرف أن حياته وشهرته وأيامه ولياليه لا تساوي نظرة في عيني (أنهار)..

عرف أن عبثه وطيشه واستهتاره وتهاونه لم يغنيه عن لمسة من أناملها..

وأخيرًا، وصل (حاتم) إلى الميناء..

كانت الباخرة القادمة من (السويس) قد سبقته بدقائق،

وقف في المكان المخصص للمُستقبلين، ينتظرها بعيون دامعة وقلب يكاد ينفجر من شدة الخفقان..

مرت الدقائق كأنها سنوات..

وتوافد ركاب الباخرة عليه وهو واقف يبحث في وجوههم عن نفسه..

عن حياته..

عن مستقبله..

عن (أنهار)..

ثم فجأة برز وجه مألوف، واقتربت صاحبته من مكان وقوف (حاتم)..

إنها أم (أنهار).. رآها تقترب فأسرع الخطى ليقف في مواجهتها..

لاحظت الأم أن أحدا يقف أمامها، فرفعت عينيها ونظرت إليه بنظرة خاوية وعيون دامعة..

كاد قلبه أن يتوقف عن النبض، فسأل الأم:

- أين (أنهار)؟؟

انفجرت الأم باكية، وانهارت بين يديه، وهي تهتف:

- لم تحتمل فراقك، فتوقف قلبها ونحن في الطريق إلى هنا.. لقد ماتت (أنهار).. وكان اسمك آخر ما نطقت به..

وانهار (حاتم)..

لم تعد قدماه قادرتان على حمله،

ونزل ستار أسود أمام عينيه ومادت الأرض من تحته، وفقد الوعي..

قطرات الحب، التي منحته إياها (أنهار)، عبر أسلاك الهاتف، لم ترو قلبه قط..

لقد زادته عطشًا..

بل حولته إلى صحراء جرداء..

صحراء قاحلة موحشة مخيفة..

كانت أنفاسه تلاحق ذكرياته وتنطلق بعيدًا، ويمتزج بعضها بالبعض، ثم تتهاوى في فراغ رهيب..

فراغ بلا قرار..